ACADÉMIE FRANÇAISE

Concours de 1858.

◦─⊚⊚⊚─◦

LA

GUERRE D'ORIENT

POÈME

PAR

HENRI DE BORNIER

SOUS-BIBLIOTHÉCAIRE A LA BIBLIOTHÈQUE SAINTE-GENEVIÈVE.

Abjiciamus ergo opera tenebrarum,
et induamur arma lucis.

S. PAUL, Rom. 13, 12.

Prix : 1 franc.

PARIS

TARIDE, LIBRAIRE,

Galerie de l'Odéon, de 4 à 7.

——

1858.

Y

ACADÉMIE FRANÇAISE

Concours de 1858.

LA
GUERRE D'ORIENT

POÈME

PAR

HENRI DE BORNIER

SOUS-BIBLIOTHÉCAIRE A LA BIBLIOTHÈQUE SAINTE-GENEVIÈVE.

Abjiciamus ergo opera tenebrarum,
et induamur arma lucis.

S. Paul, Rom. 13, 12.

PARIS

TARIDE, LIBRAIRE,

Galerie de l'Odéon, de 4 à 7.

1858.

LA
GUERRE D'ORIENT[1]

Il dormait. L'Empereur dormait. Avec orgueil.
La grande ville avait reçu le grand cercueil ;
Le conquérant, enfin, avait conquis sa tombe,
Un caveau qu'on croirait creusé par une bombe,
Un dôme sur lequel en longues flèches d'or
Le soleil d'Austerlitz semble briller encor !
Il dormait, le héros des luttes olympiques,
Le soldat du destin ! — Les vétérans épiques,
Qu'il soulevait jadis à l'appel de leurs noms,
Sommeillaient au soleil près de leurs vieux canons,
Et, lorsque ces gardiens des bronzes centenaires
Allumaient sur Paris leurs foudres débonnaires
Pour célébrer la gloire ou la chute des rois,
L'Empereur restait sourd à ces tonnantes voix ;

[1] Poème mentionné dans le Rapport de M. Villemain.

Car, pour le réveiller, ce maître des batailles,
Le salpêtre, du bronze ébranlant les entrailles,
Ne suffit pas : il faut qu'après le sombre éclair,
Le boulet, qui tûra, siffle en refoulant l'air !

Quand un lion captif, que le plus faible brave,
Ne voyant plus trembler, comprend qu'il est esclave,
Il se couche, gardant dans ses yeux presque éteints
L'ombre vague des cieux et des déserts lointains,
Sa crinière s'abat sur son flanc qui s'apaise;
Il sent sur son front vaste une douceur qui pèse;
Le repos l'envahit lentement, il s'endort...

Tel est Napoléon, prisonnier de la mort.

∗

Le sommeil te tient sous son voile,
Lui qui s'enfuyait à ta voix
Quand tu contemplais ton étoile
Dans tes grandes nuits d'autrefois;

Sommeil hostile à la victoire,
Qui jamais sur toi ne tombait,
Qu'avait pour toi tué la gloire
Comme le crime pour Macbeth [1].

---

[1] Macbeth doth murther sleep. (*Macbeth*, act. II, sc. 3.)

Le sommeil a pris sa revanche,
Sire, et sur ton front frémissant
Tombe, comme sur une branche,
Le soir, un corbeau qui descend ;

Vaincu qui vient dans les ténèbres,
Après Wagram, après Eylau,
Noir Blücher des heures funèbres,
Il a gagné son Waterloo !

*

L'Empereur est couché sous ses voûtes paisibles :
Près de lui deux esprits à la foule invisibles,
Se disputant sa mort comme autrefois ses jours,
D'un regard de défi se mesurent toujours :
C'est l'ange de la paix, c'est l'ange de la guerre ;
L'un, puissant, dédaigneux, plus grand pour le vulgaire.
L'autre, doux, souriant, pour les sages plus beau,
Courtisent ce cadavre et flattent ce tombeau !

L'Ange de la Guerre.

Réveille-toi, César ! Empereur ! Capitaine !
Triomphateur du Nil, dominateur du Rhin !
Amant brusque et chéri de la gloire hautaine
Qui se pâmait au son de tes clairons d'airain !

Despote étrange en qui Dieu mit un tel empire
Que, du vin de ta gloire un grand peuple enivré
Fit de sa liberté le prix de ton sourire
Et n'a jamais absous ceux qui l'ont délivré.

Réveille-toi : ton aigle a repeuplé son aire !
Réveille-toi : le monde est las de son repos !
Réveille-toi : la nue espère le tonnerre !
Un vent, qui vient du ciel, fait frémir les drapeaux !

L'Ange de la Paix.

Dormez, sire ! Dormez encore !
Géant, ne te soulève pas !
La France serait trop sonore
Si tu la troublais d'un seul pas !
Sa gloire grandirait, sans doute ;
Mais, sa gloire, elle la redoute ;
Laisse-la marcher dans la route
Où l'attendent d'autres destins ;
Elle travaille pour le monde,
Demandant à la paix féconde
La lumière dont elle inonde
Les horizons les plus lointains !

Quand Paris fit tes funérailles,
J'eus ma part dans ce jour si beau ;

L'ange sinistre des batailles
N'est plus seul près de ton tombeau.
O conquérant ! reste paisible.
Archer à la flèche invincible,
Ne prends plus l'Europe pour cible
De tes coups durs et triomphants !
Les Français, magnanime race,
Voleraient encor sur ta trace ;
Mais songe aux mères : fais-leur grâce
Du triomphe de leurs enfants !

L'archange parle ainsi, l'archange auguste et calme,
Inclinant au chevet de l'Empereur sa palme,
Comme un fils méconnu, quoique fidèle ami,
Qui parle avec tendresse à son père endormi.

Mais soudain le héros, qu'au sommeil il invite,
Se dresse au bruit lointain d'un boulet moscovite.

Napoléon parcourt le monde en un clin d'œil ;
Il voit tout, nations libres, peuples en deuil,
Empires chancelants et jeunes monarchies ;
Il entend l'hosanna des races affranchies,
Il mesure les pas qu'a faits l'humanité
Dans le chemin du droit et de la vérité ;
Sur la France, longtemps, son regard se promène,
Comme un maître inquiet retrouvant son domaine ;

Il contemple, étonné, nos progrès, nos combats,
Peuple de citoyens et peuple de soldats !
Il admire l'élan des bataillons que règle
L'ordre d'un Bonaparte et que domine l'aigle,
Et ces soldats d'Afrique aux regards pleins d'éclairs
Qui firent des chemins pour vaincre les déserts,
Et leurs chefs qu'on dirait formés à son école,
Et les drapeaux d'Isly, dignes de ceux d'Arcole !

De l'examen guerrier l'Empereur satisfait
Comprend ce qu'ils feront d'après ce qu'ils ont fait !

« Guerre ! guerre ! soldats, voici la guerre immense !
« Nos jours sont revenus, le siècle recommence ;
« Dans l'âme de vos chefs mon âme passera,
« C'est le vieil empereur qui vous commandera !
« Vous, Anglais, conviés à la fête des braves,
« Rangez vos Écossais auprès de mes zouaves ;
« Nous ne nous souviendrons, dans un commun élan,
« Du jour de Waterloo que le jour d'Inkermann ! »
La voix de l'Empereur retentit, et la France,
Toujours prête à payer sa gloire en espérance,
A celui qui du czar relève les défis
Ne marchande ni l'or, ni le sang de ses fils.

« D'abord, sur les deux bras de l'empire athlétique
« Jetons-nous : saisissons l'Euxin et la Baltique.

« Parseval, Baraguey t'aidant de ses faisceaux,
« Tu prendras Bomarsund au vol de tes vaisseaux !
« Sous les murs de Cronstadt, impitoyables gardes,
« Sentinelles de fer, va placer tes bombardes ;
« Ne perds pas du regard cette île de granit,
« Oblige l'aigle russe à rester dans son nid,
« Ta menace lui rend inutile une armée.
« C'est bien, je suis content. Maintenant, en Crimée ! »

Deux cent mille soldats partent comme l'éclair
Dans les wagons bruyants, sur deux sillons de fer.
Plus de ces longs chemins, pour marcher aux frontières,
Où s'abîmaient jadis des légions entières !
La science a tracé d'un rigide compas
Le chemin le plus court pour conduire au trépas :
Rien n'éloigne du but terrible où l'on doit tendre ;
Les amants de la mort ne la font plus attendre !
L'ardent wagon les livre au steamer haletant,
Le soldat peut charger son fusil en partant ;
On dévore le temps qui dévorait naguère,
Car la paix a créé des forces pour la guerre !

Une ville apparaît aux soldats éblouis :
Mahomet ! Godefroy ! Tancrède ! saint Louis !
Constantinople tremble et de deuil s'enveloppe,
La mer promène encor les débris de Sinope ;

Mais Dieu, dans sa justice éternelle, voulut
Au croissant par la croix infliger son salut !
L'Empereur, se dressant presque hors de sa tombe :
« Soldats, Sébastopol ! Premier rempart, qu'il tombe !
« Nous marcherons bientôt plus loin, je sais jusqu'où ;
« Je connais les chemins qui mènent à Moscou !
« Voici la plage. Ici, que les troupes descendent ;
« Aux sommets de l'Alma les Russes vous attendent.
« Bosquet, sur ces rochers porte ta légion ;
« En avant, général !—Cet homme est un lion ! —
« Au centre, mon neveu ! Saint-Arnaud, qui chancelle,
« Restera bien encore une journée en selle !
« Les Russes sont détruits. Soldats, courez, volez !
« Sébastopol n'a plus, dans ses murs désolés,
« Que de vains défenseurs dont la terreur est l'hôte ;
« Vous hésitez !—Retard d'un jour. C'est une faute. »

Et l'Empereur se tait et regarde.—A présent,
Ce n'est plus la bataille au choc électrisant ;
C'est le siége : il faut vaincre un mur ! C'est la tranchée
Où la mort vient obscure, invisible, cachée,
Où la boue et le sang montent jusqu'aux genoux ;
Ce sont les éléments déchaînés contre nous ;
C'est l'immobilité sous la neige qui glace,
C'est la pluie énervante et la bise qui lasse,
C'est le brouillard qui rend éternelles les nuits,
Ce sont les durs repos et les mortels ennuis,

C'est le fusil qui pèse aux doigts couverts de givre,
Le soldat chancelant comme s'il était ivre,
C'est la victoire lente et le succès lointain,
Et la vague terreur des retours du destin !

Onze mois sont passés de cette grande lutte.
Sébastopol n'est plus, superbe dans sa chute,
Qu'un tombeau meurtrier d'où s'échappe la mort,
Qu'il faut rendre muet par un suprême effort.

«Soldats, dit l'Empereur, debout! la brèche est prête. »
Deux cent mille héros pour cette horrible fête
Se lèvent, Pélissier, Canrobert, Mac-Mahon,
Chaque homme a devant lui la gueule d'un canon,
N'importe ! En vain sous eux se dérobe la terre,
Sur ces tours, sur ces murs, sur ce vivant cratère,
Sur ces feux souterrains qui déchirent le sol,
Nos soldats monteront.—A nous Sébastopol !

Et l'Europe applaudit, et la France en délire
Bat des mains ; le vaincu lui-même nous admire,
Et le grand Empereur, dont l'àme était dans tous,
S'écrie encor : « Soldats ! je suis content de vous ! »

L'Ange de la Guerre.

Triomphe! La mort tient sa proie,
Et les flammes montent toujours,

La mer s'ouvre, folle de joie,
Au vaste écroulement des tours !
Toute une ville dans la nue !
C'est une tempête inconnue
Qui de la terre monte aux cieux !
Tout est ruine, amas, décombres,
Vingt navires dans les flots sombres
S'engloutissent silencieux !

Durant la paix, les peuples rampent
Dans le luxe et la vanité ;
C'est dans le feu que se retrempent
Les forces de l'humanité !
L'Océan, fécond en naufrages,
Que serait-il sans les orages ?
Un lac croupissant en repos ;
Peuples fouettés du vent du glaive,
Sans la guerre qui vous soulève,
Que seriez-vous ? De vils troupeaux.

Aux armes donc ! Toujours ! Encore !
Quelque grand peuple doit surgir ;
Au nord, au couchant, à l'aurore,
Les clairons français vont mugir !
Vous, maître, Empereur ! capitaine
Présent à la guerre lointaine,

Mais invisible au combattant,
Ne vous rendormez pas! L'empire
Est à ceux que votre âme inspire :
Dieu le veut, et le monde attend !

L'Ange de la Paix.

Sire, rendormez-vous ! Oui, la France est en fête,
La lutte fut terrible et le triomphe est beau ,
Mais le temps est passé des guerres de conquête ;
Sire, rendormez-vous dans la paix du tombeau !

L'aube des temps nouveaux annoncés par les sages
Se lève ; le passé n'est plus une prison ;
L'humanité, sortant des périlleux passages,
Cherche un monde inconnu vers le libre horizon ;

L'homme voit qu'un autel vaut mieux qu'une hécatombe,
Attila renaissant a dit : Je me trompais !
Les aigles dans le ciel tolèrent la colombe,
Un jour ils l'aimeront…. L'empire, c'est la paix !

La victoire acharnée est une barbarie,
L'implacable se calme et les forts sont meilleurs ;
Comme il n'est qu'un soleil il n'est qu'une patrie ;
Et les seuls conquérants, ce sont les travailleurs ;

Dieu met dans tous les cœurs une sainte espérance
De résoudre bientôt le problème éternel :
Pour dompter la misère et vaincre l'ignorance
De toute part commence un effort fraternel ;

Quand un ambitieux croit pour lui l'heure bonne,
Une imprécation formidable l'atteint ;
Si c'est un roi, l'on met à l'encan sa couronne !
Si c'est un peuple, Dieu de son souffle l'éteint !

Quelquefois au vaincu la défaite est meilleure :
Il ne s'acharne pas sur son rêve détruit,
A l'horloge du siècle il entend sonner l'heure
Et se hâte, craignant de rester dans la nuit ;

Hier, quand l'Angleterre et la France unanimes
Unirent leurs drapeaux ennemis si longtemps,
Le monde s'enivra de ces horreurs sublimes,
Un juste orgueil gonflait le cœur des combattants ;

Mais, ces rivaux de gloire, ils faisaient mieux encore :
Du progrès aux vaincus ils ouvraient les chemins ;
Aux champs de la Tauride, aux rives du Bosphore,
Un phare fut dressé.... Soldats, c'est par vos mains !

Ce phare étincelant, dont la flamme est mobile
Pour éclairer la terre et les flots tour à tour,

Qu'il brille pour le Turc, le Russe ou le Kabyle,
S'appelle liberté, progrès, concorde, amour !

Déjà, déjà je vois la vieille Moscovie
Tressaillir dans son ombre à ses rayons nouveaux ;
Aux vainqueurs ce n'est pas leur gloire qu'elle envie,
Ce sont leurs lois, leurs mœurs, leurs vertus, leurs travaux.

Non, Dieu ne permet plus qu'un féroce caprice
Fasse de l'univers un immense abattoir ;
Le glaive est maintenant dans la main de justice,
A qui disait : mon droit ! Dieu répond : ton devoir !

Dans cette guerre même, on vit, touchant présage !
Les serviteurs de Dieu marcher sous le canon,
Moissonnant pour le ciel dans les champs de carnage,
Frères par la pitié, prêtres par le pardon !

Et quand les bataillons, grands semeurs d'épouvante,
Avaient ravagé tout.... Dieu, d'abord irrité,
Au secours des héros envoyait sa servante,
L'humble fille du Christ, la sœur de charité !

Sire, rendormez-vous ! Si, dans un jour suprême,
Pour le faible il fallait tirer le glaive encor,
Vous seriez le soldat de l'Équité !.... Moi-même,
Je vous réveillerais sous la coupole d'or !

L'étoile de la paix se lève ; une loi juste
Fait, après l'astre ardent, luire un astre plus doux :
Le neveu de César doit s'appeler Auguste.
Obéissez à Dieu. Sire, rendormez-vous !

Henri de Bornier.

Paris.—Imprimé chez Bonaventure et Ducessois, 55, quai des Augustins.

DU MÊME AUTEUR.

LES PREMIÈRES FEUILLES (poésies). 2ᵉ édition.
DANTE ET BÉATRIX, drame, 5 actes, en vers.
LE MONDE RENVERSÉ, comédie, 1 acte, en vers.
LA MUSE DE CORNEILLE, à-propos, en vers.
LA MUSE DE RACINE.

Paris. — Imprimé chez BONAVENTURE et DUCESSOIS, quai des Augustins, 55.